Der Schatz

Gotthold Ephraim Lessing

Herausgeber: Culturea (34, Hérault)
Druck: BOD - In de Tarpen 42, Norderstedt (Deutschland)
Website: http://culturea.fr
Kontakt: infos@culturea.fr
ISBN:9791041949977
Veröffentlichungsdatum: FEBRUAR 2023
Layout und Design: https://reedsy.com/
Dieses Buch wurde mit der Schriftart Bauer Bodoni gesetzt.

ER WIRT MIR GEBEN

Ein Lustspiel in einem Aufzuge

Personen.

Leander.

Staleno, Leanders Vormund.

Philto, ein Alter.

Anselmus.

Lelio, des Anselmus Sohn.

Maskarill, des Lelio Bedienter.

Raps.

Ein Träger.

Die Szene ist auf der Straße.

Erster Auftritt

Leander. Staleno.

STALENO. Ei! Leander, so jung, und Er hat sich schon ein Mädchen ausgesehen?

LEANDER. Das wird dem Mädchen eben lieb sein, daß ich jung bin. Und wie jung denn? Wenn ich noch einmal so alt wäre, so könnte ich schon Kinder haben, die so alt wären als ich.

STALENO. Und das Mädchen soll ich Ihm zufreien?

LEANDER. Ja, mein lieber Herr Vormund, wenn Sie wollten so gut sein.

STALENO. Lieber Herr Vormund! das habe ich lange nicht gehört! Wenn Sie wollten so gut sein! Wie höflich man doch gleich wird, wenn man verliebt ist! Aber was ist es denn für ein Mädchen? das hat Er mir ja noch nicht gesagt.

LEANDER. Ein allerliebstes Mädchen.

STALENO. Hat sie Geld? Was kriegt sie mit?

LEANDER. Sie ist die Schönheit selbst; und unschuldig dabei, so unschuldig, als ich.

STALENO. Spricht sie auch schon von Kindern, die sie haben könnte? Aber sage Er mir, was kriegt sie mit?

LEANDER. Wenn Sie sie sehen sollten, Sie würden sich selbst in sie verlieben. Ein rundes, volles Gesicht, das aber gar nichts Kindisches mehr hat; ein Gewächse, wie ein Rohr

STALENO. Und was kriegt sie mit?

LEANDER. Wie ein Rohr so gerade. Und dabei nicht hager; aber auch nicht dicke. Sie wissen wohl, Herr Vormund, beides muß nicht sein, wenn ein Frauenzimmer schön sein soll.

STALENO. Und was kriegt sie mit?

LEANDER. Sie weiß sich zu tragen, ah! auf eine Art, liebster Herr Staleno, auf eine Art Und ich versichre Sie, sie hat nicht tanzen gelernt; es ist ihr natürlich.

STALENO. Und was kriegt sie mit?

LEANDER. Wenn ihr Gesichte auch das schönste ganz und gar nicht wäre, so würden sie doch schon ihre Manieren zu der angenehmsten Person unter der Sonne machen. Ich kann nicht begreifen, wer sie ihr muß gewiesen haben.

STALENO. O! so höre Er doch! Nach ihrer Aussteuer frage ich; was kriegt sie mit?

LEANDER. Und sprechen sprechen kann sie wie ein Engel

STALENO. Was kriegt sie mit?

LEANDER. Sie werden schwerlich mehr Verstand und Tugend bei irgend einer Person ihres Geschlechts antreffen, als bei ihr

STALENO. Gut! alles gut! aber was kriegt sie mit?

LEANDER. Sie ist über dieses aus einem guten Geschlechte, Herr Vormund; aus einem sehr guten Geschlechte.

STALENO. Die guten Geschlechter sind nicht allzeit die reichsten. Was kriegt sie mit?

LEANDER. Ich habe vergessen, Ihnen noch zu sagen, daß sie auch sehr schön singt.

STALENO. Zum Henker! lasse Er mich nicht eine Sache hundertmal fragen. Ich will vor allen Dingen wissen, was sie mit kriegt?

LEANDER. Wahrhaftig! ich habe sie selbst nur gestern Abends singen hören. Wie wurde ich bezaubert!

STALENO. Ah! Er muß Seinen Vormund nicht zum Narren haben. Wenn Er mir keine Antwort geben will: so packe Er sich, und lasse Er mich meinen Gang gehen.

LEANDER. Sie sind ja gar böse, allerliebster Herr Vormund. Ich wollte Ihnen eben Ihre Frage beantworten.

STALENO. Nun! so tu Ers.

LEANDER. Was war Ihre Frage? Ja, ich besinne mich: Sie fragten, ob sie eine gute Haushälterin sei? O! eine unvergleichliche! Ich weiß gewiß, sie wird ihrem Manne Jahr aus Jahr ein zu Tausenden ersparen.

STALENO. Das wäre noch etwas; aber es war doch auch nicht das, was ich Ihn fragte. Ich fragte, versteht Er denn kein Deutsch? ob sie reich ist? ob sie eine gute Aussteuer mit bekömmt?

LEANDER *traurig.* Eine Aussteuer?

STALENO. Ja, eine Aussteuer. Was gilts, darum hat sich das junge Herrchen noch nicht bekümmert? O Jugend, o Jugend! daß doch die leichtsinnige Jugend, so wenig nach dem Allernotwendigsten fragt! Nun! wenn Er es noch nicht weiß, was Sein Mädchen mitkriegen soll, so gehe Er, und erkundige Er sich vorher. Alsdann können wir mehr von der Sache sprechen.

LEANDER. Das können wir gleich jetzo, wenn es Ihnen nicht zuwider ist. Ich bin so leichtsinnig nicht gewesen, sondern habe mich allerdings schon darnach erkundiget.

STALENO. So weiß Ers, was sie mitkriegt?

LEANDER. Auf ein Haar.

STALENO. Und wie viel?

LEANDER. Allzuviel ist es nicht

STALENO. Ei! wer verlangt denn allzuviel? Was recht ist! Er hat ja selber schon genug Geld.

LEANDER. O! Sie sind ein vortrefflicher Mann, mein lieber Herr Vormund. Es ist wahr, ich bin reich genug, daß ich ihr schon diesen Punkt übersehen kann.

STALENO. Ist es wohl so die Hälfte von Seinem Vermögen, was das Mädchen mitkriegt?

LEANDER. Die Hälfte? Nein, das ist es nicht.

STALENO. Das Drittel?

LEANDER. Auch wohl nicht.

STALENO. Das Viertel doch?

LEANDER. Schwerlich.

STALENO. Nu? das Achtel muß es doch wohl sein? Alsdann wären es ein Paar tausend Tälerchen, die beim Anfange einer Wirtschaft nur allzubald weg sind.

LEANDER. Ich habe Ihnen schon gesagt, daß es nicht viel ist, gar nicht viel.

STALENO. Aber nicht viel ist doch etwas. Wie viel denn?

LEANDER. Wenig, Herr Vormund.

STALENO. Wie wenig denn?

LEANDER. Wenig Sie wissen ja selbst, was man wenig nennt.

STALENO. Nur heraus mit der Sprache! Das Kind muß doch einen Namen haben. Drücke Er doch das Wenige mit Zahlen aus.

LEANDER. Das Wenige, Herr Staleno, ist ist gar nichts.

STALENO. Gar nichts? Ja nun! da hat Er recht; gar nichts, ist wenig genug. Aber im Ernste, Leander: schämt Er sich nicht, auf so eine Torheit zu fallen, ein Mädchen sich zur Frau auszusehen, die nichts hat?

LEANDER. Was sagen Sie? Nichts hat? Sie hat alles, was zu einer vollkommenen Frau gehört; nur kein Geld hat sie nicht.

STALENO. Das ist, sie hat alles, was eine vollkommene Frau machen könnte, wenn sie nur noch das hätte, was eine vollkommene Frau macht. Stille davon! Ich muß besser einsehen, was Ihm gut ist. Aber darf man denn wissen, wer diese schöne, liebenswürdige, galante Bettlerin ist? wie sie heißt?

LEANDER. Sie versündigen sich, Herr Staleno. Wenn es nach Verdiensten ginge, so würden wir alle arm, und diese Bettlerin würde allein reich sein.

STALENO. So sage Er mir ihren Namen, damit ich sie anders nennen kann.

LEANDER. Kamilla.

STALENO. Kamilla? Doch wohl nicht die Schwester des lüderlichen Lelio?

LEANDER. Eben die. Ihr Vater soll der rechtschaffenste Mann von der Welt sein.

STALENO. Sein, oder gewesen sein. Es sind nun bereits neun Jahre, daß er von hier wegreisete; und schon seit vier Jahren hat man nicht die geringste Nachricht von ihm. Wer weiß, wo er modert, der gute Anselmus! Es ist für ihn auch eben so gut. Denn wenn er wieder kommen sollte, und sollte sehen, wie es mit seiner Familie stünde, so müßte er sich doch zu Tode grämen.

LEANDER. So haben Sie ihn wohl gekannt?

STALENO. Was sollte ich nicht? Er war mein Herzensfreund.

LEANDER. Und Sie wollen gegen seine Tochter so grausam sein? Sie wollen mich verhindern, sie wieder in Umstände zu setzen, die ihrer würdig sind?

STALENO. Leander, wenn Er mein Sohn wäre, so wollte ich nicht ein Wort dawider reden; aber so ist Er nur mein Mündel. Seine Neigung könnte sich in reifern Jahren ändern, und wenn Er alsdann das schöne Gesicht satt wäre, dem der beste Nachdruck fehlt, so würde alle Schuld auf mich fallen.

LEANDER. Wie? meine Neigung sollte sich ändern? ich sollte aufhören, Kamillen zu lieben? ich sollte

STALENO. Er soll warten, bis Er Sein eigner Herr wird; alsdann kann Er machen, was Er will. Ja, wenn das Mädchen noch in den Umständen wäre, in welchen sie ihr Vater verließ; wenn ihr Bruder nicht alles durchgebracht hätte; wenn der alte Philto, dem Anselmus die Aufsicht über seine Kinder anvertraute, nicht ein alter Betrieger gewesen wäre: gewiß, ich wollte selbst mein möglichstes tun, daß kein andrer, als Er, die Kamilla bekommen sollte. Aber: da das nicht ist, so habe ich nichts damit zu schaffen. Gehe Er nach Hause.

LEANDER. Aber, liebster Herr Staleno,

STALENO. Er bringt Seine Schmeichelei zu unnützen Kosten. Was ich gesagt habe, habe ich gesagt. Ich wollte eben zum alten Philto gehen, der sonst mein guter Freund ist, und ihm den Text wegen seines Betragens gegen den Lelio lesen. Nun hat er dem lüderlichen Burschen auch so gar das Haus abgekauft, das Letzte, was die Leutchen noch hatten. Das ist zu toll! das ist unverantwortlich! Geh Er, Leander; halte Er mich nicht länger auf. Allenfalls können wir zu Hause mehr davon sprechen.

LEANDER. In der Hoffnung, daß Sie gütiger werden gesinnt sein, will ich gehen. Sie kommen doch bald zurück?

STALENO. Bald.

Zweiter Auftritt

STALENO. Es bringt freilich nichts ein, den Leuten die Wahrheit zu sagen, und ihnen ihre schlechten Streiche vorzurücken; man macht sie sich meisten Teils dadurch zu Feinden. Aber mags! Ich will den Mann nicht zum Freunde behalten, der so wenig Gewissen hat. Hätte ich mirs in Ewigkeit vorgestellt! Der Philto, der Mann, auf den ich Schlösser gebaut hätte. Ha! da kömmt er mir eben in den Wurf.

Dritter Auftritt

Philto. Staleno.

STALENO. Guten Tag, Herr Philto.

PHILTO. Ei sieh da! Herr Staleno! Wie gehts, mein alter, lieber, guter Freund? Wo wollten Sie hin?

STALENO. Ich war eben im Begriff, zu Ihnen zu gehen.

PHILTO. Zu mir? das ist ja vortrefflich. Kommen Sie, ich kehre gleich wieder mit um.

STALENO. Es ist nicht nötig, wenn ich Sie nur spreche; es ist mir gleich viel, ob es in Ihrem Hause, oder auf der Gasse geschieht. Ich will so lieber unter freiem Himmel mit Ihnen reden, um vor dem Anstecken sichrer zu sein.

PHILTO. Was wollen Sie mit Ihrem Anstecken? Bin ich seitdem von der Pest befallen worden, als ich Sie nicht gesehen habe?

STALENO. Von noch etwas Schlimmern, als von der Pest. O Philto, Philto! Sind Sie der ehrliche Philto, den die Stadt bisher noch immer unter die wenigen Männer von altem Schrot und Korne gezählt hat?

PHILTO. Das ist ja ein vortrefflicher Anfang zu einer Strafpredigt. Wie käme ich zu der?

STALENO. Was für Zeug wird von Ihnen in der Stadt gesprochen! Ein alter Betrieger, ein Leuteschinder, ein Blutigel, das sind noch Ihre besten Ehrentitel.

PHILTO. Meine?

STALENO. Ja, Ihre.

PHILTO. Das ist mir leid. Aber was ist zu tun? man muß die Leute reden lassen. Ich kann es niemanden verwehren, das Nachteiligste von mir zu denken, oder zu sprechen; genug, wenn ich bei mir überzeugt bin, daß man mir Unrecht tut.

STALENO. So kaltsinnig sind Sie dabei? So kaltsinnig war ich nicht einmal, als ich es hörte. Aber mit dieser Gelassenheit sind Sie noch nicht gerechtfertiget. Man ist oft gelassen, weil man bei sich kein Recht zu haben fühlt, hastig und aufgebracht zu sein. Von mir sollte jemand so reden! Ich drehte dem ersten dem besten den Hals um. Allein, ich glaube auch nicht, daß ich jemals durch meine Handlungen Gelegenheit dazu geben würde.

PHILTO. Kann ich denn endlich erfahren, worin das Verbrechen besteht, das man mir Schuld gibt?

STALENO. So? Sie müssen mit Ihrem Gewissen schon vortrefflich zu Rande sein, daß es Ihnen nicht selbst gleich beifällt. Sagen Sie mir, war Anselmus Ihr Freund?

PHILTO. Er war es, und ist es noch, so weit wir auch jetzt von einander sind. Wissen Sie denn nicht, daß er mir bei seiner Abreise seinen Sohn und seine Tochter zur Aufsicht anvertraute? Würde er das getan haben, wenn er mich nicht für seinen rechtschaffnen Freund gehalten hätte?

STALENO. Du ehrlicher Anselmus, wie hast du dich betrogen!

PHILTO. Ich denke, er soll sich nicht betrogen haben.

STALENO. Nicht? Nu, nu! wenn ich einen Sohn hätte, den ich gern in das äußerste Verderben wollte gebracht wissen, so würde ich ihn ganz gewiß auch Ihrer Aufsicht anvertrauen. Er ist ein schönes Früchtchen geworden, der Lelio!

PHILTO. Sie legen mir jetzt etwas zur Last, wovon Sie mich selbst sonst allezeit frei gesprochen haben. Lelio hat alle seine lüderlichen Ausschweifungen ohne mein Vorwissen begangen; und wann ich sie erfuhr, so war es schon zu spät, ihnen vorzubeugen.

STALENO. Alles das glaube ich nun nicht mehr; denn Ihr letzter Streich verrät Ihre Karte.

PHILTO. Was für ein Streich?

STALENO. An wen hat denn Lelio sein Haus verkauft?

PHILTO. An mich.

STALENO. Willkommen, Anselmus! Können Sie doch nun auf der Gasse schlafen. Pfui, Philto!

PHILTO. Ich habe die drei tausend Taler dafür richtig bezahlt.

STALENO. Um den Namen eines ehrlichen Mannes richtig los zu werden.

PHILTO. Hätte ich sie denn nicht bezahlen sollen?

STALENO. O! stellen Sie sich nicht so albern. Sie hätten gar nichts von dem Lelio kaufen sollen. Einem solchen Menschen zu Gelde verhelfen, heißt das nicht dem Wahnwitzigen ein Messer in die Hände geben, womit er sich die Gurgel abschneiden kann? Heißt das nicht Gemeinschaft mit ihm machen, um den armen Vater ohne Barmherzigkeit zu ruinieren?

PHILTO. Aber Lelio brauchte das Geld zur höchsten Not: er mußte sich mit einem Teile desselben von einem schimpflichen Gefängnisse losmachen. Und wenn ich das Haus nicht gekauft hätte, so hätte es ein andrer gekauft.

STALENO. Andre hätten mögen tun, was sie gewollt hätten. Aber entschuldigen Sie sich nur nicht; man sieht Ihre wahre Ursache doch. Das Häuschen ist etwa noch vier tausend Taler wert; um drei tausend war es zu verkaufen, und zu dem Profitchen, dachten Sie, bin ich der nächste. Ich liebe das Geld doch auch; aber sehen Sie, Philto, eher wollte ich mir diese meine rechte Hand abhauen lassen, als so eine Niederträchtigkeit begehen, und wenn ich schon eine Million damit zu gewinnen wüßte. Kurz von der Sache zu kommen: meiner Freundschaft sind Sie quitt.

PHILTO. Nun wahrhaftig! Staleno, Sie legen mirs außerordentlich nahe. Ich glaube wirklich, Sie bringen es durch Ihre Schmähungen noch so weit, daß ich Ihnen ein Geheimnis vertraue, welches kein Mensch auf der Welt sonst von mir erfahren hätte.

STALENO. Was Sie mir vertrauen, darum lassen Sie sich nicht bange sein. Es ist bei mir so sicher aufgehoben, als bei Ihnen.

PHILTO. Sehen Sie sich einmal ein wenig um, daß uns niemand behorcht. Sehen Sie recht zu! Guckt auch niemand hier aus den Fenstern?

STALENO. Das muß ja wohl ein recht geheimes Geheimnis sein. Ich sehe niemanden.

PHILTO. Nun, so hören Sie. Noch an eben dem Tage, als Anselmus wegreisete, zog er mich bei Seite, und führte mich an einen gewissen Ort in seinem Hause. Ich habe dir, sprach er, mein lieber Philto, noch eins zu entdecken. Hier in diesem Warten Sie ein klein Bißchen, Staleno; da sehe ich jemanden gehn, den wollen wir erst vorbei lassen.

STALENO. Er ist vorbei.

PHILTO. Hier, sprach er, in diesem Gewölbe, unter einem von den Stille! dort kömmt eines

STALENO. Es ist ja ein Kind.

PHILTO. Kinder sind neugierig!

STALENO. Es ist weg.

PHILTO. Unter einem von den Pflastersteinen, sprach er, habe ich Da läuft schon wieder was.

STALENO. Es ist ja nichts, als ein Hund.

PHILTO. Es hat aber doch Ohren! Habe ich, sprach er, *Indem er sich von Zeit zu Zeit furchtsam umsiehet.* eine kleine Barschaft vergraben.

STALENO. Was?

PHILTO. St! Wer wird so etwas zweimal sagen?

STALENO. Eine Barschaft? einen Schatz?

PHILTO. Ja doch! Wenn es nur nicht jemand gehört hat.

STALENO. Vielleicht ein Sperling, der uns über dem Kopfe weggeflogen.

PHILTO. Ich habe, fuhr er fort, lange genug daran gespart, und mir es herzlich sauer werden lassen. Ich reise jetzo weg; ich lasse meinem Sohne so viel, daß er leben kann; mehr darf ich ihm aber auch keinen Heller lassen. Er hat allen Ansatz zu einem lüderlichen Menschen, und je mehr er haben würde, desto mehr würde er vertun. Was bliebe alsdann für meine Tochter übrig? Ich muß mich auf alle Fälle gefaßt machen; meine Reise ist weit und gefährlich: wer weiß, ob ich wieder komme? Von dieser Barschaft also, soll so und so viel für meine Kamille zur Aussteuer, wenn ihr etwa unterdessen eine gute Gelegenheit zu heiraten vorkäme. Das übrige soll mein Sohn haben; aber nicht eher, als bis man es gewiß weiß, daß ich tot bin. Bis dahin, bitte ich dich, Philto, mit Tränen bitte ich dich, mein lieber Freund, laß den Lelio nichts davon merken; sei auch sonst gegen alle verschwiegen, damit er es etwa nicht von einem Dritten erfährt. Ich versprach meinem Freunde alles, und tat einen Schwur darauf. Nun sagen Sie mir, Staleno, als ich hörte, daß Lelio das Haus, eben das Haus, worin die Barschaft verborgen ist, mit aller Gewalt verkaufen wollte: sagen Sie mir, was sollte ich tun?

STALENO. Was hör ich? Bei meiner Treu! das Ding bekömmt doch wohl ein ander Ansehen.

PHILTO. Lelio hatte das Haus anschlagen lassen, als ich eben auf dem Lande war.

STALENO. Ha! ha! der Wolf hatte gemerkt, daß die Hunde nicht bei der Herde wären.

PHILTO. Sie können sich einbilden, daß ich nicht wenig erschrak, als ich wieder in die Stadt kam. Es war geschehen. Sollte ich nun meinen Freund verraten, und dem lüderlichen Lelio den Schatz anzeigen? Oder sollte ich das Haus in fremde Hände kommen lassen, aus welchen es vielleicht Anselmus nimmermehr wieder bekommen hätte? Den Schatz wegzunehmen, das ging gar nicht an. Mit einem Worte, ich sah keinen andern Rat, als das Haus selber zu kaufen, um so wohl das eine, als das andere zu retten. Anselmus mag nunmehr heute oder morgen kommen: ich kann ihm beides richtig überliefern. Sie sehen ja wohl, daß ich das gekaufte Haus nicht einmal brauche. Ich habe Sohn und Tochter herausziehen lassen, und es feste verschlossen. Es soll niemand wieder hinein kommen, als sein rechter Herr. Ich sahe es voraus, daß mich die Leute verleumden würden; aber ich will doch lieber eine kurze Zeit weniger ehrlich scheinen, als es in der Tat sein. Bin ich nun noch in Ihren Augen ein alter Betrieger? ein Blutigel?

STALENO. Sie sind ein ehrlicher Mann, und ich bin ein Narr. Daß die Leute, die allen Plunder wissen wollen, und sich mit Nachrichten schleppen, wovon doch weder Kopf noch Schwanz wahr ist, bei dem Henker wären! Was für Zeug haben sie mir nicht von Ihnen in die Ohren gesetzt! Aber warum war ich auch so ein alter Esel, und glaubte es? Nehmen Sie mirs nicht übel, Philto, ich bin zu hastig gewesen.

PHILTO. Ich nehme nichts übel, wobei ich eine gute Absicht sehe. Mein ehrlicher Name ist Ihnen lieb gewesen; und das erfreut mich. Sie würden sich viel darum bekümmert haben, wenn Sie nicht mein Freund wären.

STALENO. Gewiß, ich bin ganz böse auf mich.

PHILTO. Ei nicht doch!

STALENO. Ich bin mir recht gram, daß ich mir nur einen Augenblick etwas Unrechtes von Ihnen habe einbilden können!

PHILTO. Und ich bin Ihnen recht gut, daß Sie so fein offenherzig gegen mich gewesen sind. Ein Freund, der uns alles unter die Augen sagt, was er Anstößiges an uns bemerkt, ist jetzt sehr rar; man muß ihn nicht vor den Kopf stoßen, und wenn er auch unter Zehnmalen nur einmal Recht haben sollte. Meinen Sie es nur ferner gut mit mir.

STALENO. Das heiße ich doch noch geredt, wie man reden soll! Topp! wir sind Freunde, und wollen es immer bleiben.

PHILTO. Topp! Haben Sie mir sonst noch etwas zu sagen?

STALENO. Ich wüßte nicht. Doch ja. *Bei Seite.* Vielleicht kann ich meinem Mündel eine unverhoffte Freude machen.

PHILTO. Was ists?

STALENO. Sagten Sie mir nicht, daß ein Teil der verborgenen Barschaft zur Aussteuer für Jungfer Kamillen sollte?

PHILTO. Ja.

STALENO. Wie hoch beläuft sich wohl der Teil?

PHILTO. Auf sechs tausend Taler.

STALENO. Das ist nicht schlimm. Und wenn sich nun etwa eine ansehnliche Partie für die sechs tausend Taler für Jungfer Kamillen, wollte ich sagen, fände: hätten Sie wohl Lust, Ja dazu zu sagen?

PHILTO. Wenn sie ansehnlich wäre, die Partie; warum nicht?

STALENO. Zum Exempel, mein Mündel? Was meinen Sie?

PHILTO. Was? der junge Herr Leander? hat der ein Auge auf sie?

STALENO. Wohl beide. Er ist so vergafft in sie, daß er sie lieber heute als morgen nähme, und wenn sie auch nackend zu ihm käme.

PHILTO. Das laßt mir Liebe sein! Wahrhaftig, Herr Staleno, Ihr Vorschlag ist nicht zu verachten. Wenn es Ihr Ernst ist

STALENO. Mein völliger Ernst! Ich werde ja nicht bei sechs tausend Talern scherzen?

PHILTO. Ja; aber will denn auch Kamille Leandern haben?

STALENO. Wenigstens will er sie haben. Wenn zwanzig tausend Taler sechs tausend Taler heiraten wollen, so werden ja die sechse nicht närrisch sein, und den zwanzigen einen Korb geben. Das Mädchen wird ja wohl zählen können.

PHILTO. Ich glaube, wenn auch Anselmus heute wieder käme, daß er selbst seine Tochter nicht besser zu versorgen wünschen könnte. Gut! ich nehme alles über mich. Die Sache soll richtig sein, Herr Staleno.

STALENO. Wenn die sechs tausend Taler richtig sind.

PHILTO. Ja, verzweifelt! nun fällt mir erst die größte Schwierigkeit ein. Müßte denn Leander die sechs tausend Taler gleich mit bekommen?

STALENO. Er müßte eben nicht; aber alsdann müßte er eben auch nicht Kamillen gleich haben.

PHILTO. Nun so geben Sie mir doch einen guten Rat. Das Geld ist verborgen; wenn ich es hervor kriege, wo soll ich sagen, daß ich es her bekommen habe? Soll ich die Wahrheit sagen: so wird Lelio Lunte riechen, und sich nicht ausreden lassen, daß da, wo sechs tausend Taler gelegen, nicht noch mehr liegen könnte. Soll ich sagen, daß ich das Geld von dem Meinigen gebe? Das will ich auch nicht gern. Die Leute würden doch nur einen neuen Anlaß, mich zu verleumden, daraus nehmen. Philto, sprächen sie vielleicht, würde so freigebig nicht sein, wenn ihm nicht sein Gewissen sagte, daß er die armen Kinder um gar zu vieles betrogen habe.

STALENO. Das ist alles wahr.

PHILTO. Und daher meinte ich eben, daß es gut wäre, wenn es mit der Aussteuer so lange bleiben könnte, bis Anselmus wieder käme. Sie ist Leandern doch gewiß genug.

STALENO. Leander, wie gesagt, würde sich nichts daraus machen. Aber, mein lieber Philto, ich, der ich sein Vormund bin, habe mich für die übeln Nachreden eben sowohl in Acht zu nehmen, als Sie. Ja, ja! würde man murmeln: der reiche Mündel ist in guten Händen! Jetzt wird ihm ein armes Mädchen angehangen, und das arme Mädchen, um dankbar zu sein, wird auch schon wissen, wie es sich gegen den Vormund verhalten muß. Staleno ist schlau; Rechnungen, wie er für Leandern zu führen hat, sind so leicht nicht abzulegen. Eine Vorsprecherin, die ihrem Manne die Augen zuhält, wenn er nachsehen will, ist dabei nicht übel. Für solche Glossen bedanke ich mich.

PHILTO. Sie haben Recht. Aber wie ist die Sache nun anzufangen? Sinnen Sie doch ein Bißchen nach.

STALENO. Sinnen Sie nur auch nach.

PHILTO. Wie wenn wir

STALENO. Nun?

PHILTO. Nein, das geht nicht an.

STALENO. Hören Sie nur: ich dächte Das ist auch nichts.

Zugleich, nachdem sie einige Augenblicke nachgedacht.

PHILTO. Könnte man nicht

STALENO. Man müßte

PHILTO. Was meinten Sie?

STALENO. Was wollten Sie sagen?

PHILTO. Reden Sie nur

STALENO. Sagen Sie nur

PHILTO. Ich will Ihre Gedanken erst hören.

STALENO. Und ich Ihre. Meine sind so recht reif noch nicht.

PHILTO. Und meine meine sind wieder gar weg.

STALENO. Schade! Aber Geduld! meine fangen eben an zu reifen. Nun sind sie reif!

PHILTO. Das ist gut!

STALENO. Wie wenn wir, für ein gutes Trinkgeld, einen Kerl auf die Seite kriegten, der frech genug wäre, und Mundwerk genug hätte, zehn Lügen in einem Atem zu sagen?

PHILTO. Was könnte uns der helfen?

STALENO. Er müßte sich verkleiden und vorgeben, daß er, ich weiß nicht aus welchem, weit entlegenen Lande käme

PHILTO. Und

STALENO. Und daß er den Anselmus gesprochen habe

PHILTO. Und

STALENO. Und daß ihm Anselmus Briefe mitgegeben habe, einen an seinen Sohn, und einen an Sie.

PHILTO. Und was denn nun?

STALENO. Sehen Sie denn noch nicht, wo ich hinaus will? In dem Briefe an seinen Sohn müßte stehen, daß Anselmus so bald noch nicht zurückkommen könne, daß Lelio unterdessen gute Wirtschaft treiben, und das Seine fein zusammenhalten solle, und mehr so dergleichen. In Ihrem Briefe aber müßte stehen, daß Anselmus das Alter seiner Tochter überlegt habe, daß er sie gerne verheiratet wissen möchte, und daß er ihr hier so und so viel zur Ausstattung schicke, im Fall sie eine gute Gelegenheit finden sollte.

PHILTO. Und der Kerl müßte tun, als ob er das Geld zur Ausstattung mitbrächte? nicht?

STALENO. Ja freilich.

PHILTO. Das geht wirklich an! Aber wie denn, wenn der Sohn die Hand des Vaters zu gut kennt? Wie, wenn er sich auf sein Siegel besinnt?

STALENO. O! da gibts tausend Ausflüchte. Machen Sie sich doch nicht unzeitige Sorge! Ich besinne mich alleweile auf jemanden, der die Rolle recht meisterlich wird spielen können.

PHILTO. Je nun! so gehen Sie, und reden das Nötige mit ihm ab. Ich will so gleich das Geld zurechte legen, und es lieber unterdessen von dem Meinigen nehmen, bis ich es dort sicher ausgraben kann.

STALENO. Tun Sie das! tun Sie das! In einer halben Stunde soll der Mann bei Ihnen sein. *Geht ab.*

PHILTO *allein.* Es ist mir ärgerlich genug, daß ich in meinen alten Tagen noch solche Kniffe brauchen muß, und zwar des lüderlichen Lelios wegen! Da kömmt er ja wohl gar selber, mit seinem Anführer in allen Schelmstücken? Sie reden ziemlich ernstlich; ohne Zweifel muß sie ein Gläubiger wieder auf dem Korne haben. *Tritt ein wenig zurück.*

Vierter Auftritt

Lelio. Maskarill. Philto.

LELIO. Und das wäre der ganze Rest von den drei tausend Talern? *Er zählt.* Zehne, zwanzig, dreißig, vierzig, funfzig, fünf und funfzig. Nicht mehr, als fünf und funfzig Taler noch?

MASKARILL. Es kömmt mir selbst fast unglaublich vor. Lassen Sie mich doch zählen. *Lelio gibt ihm das Geld.* Zehne, zwanzig, dreißig, vierzig, fünf und vierzig. Ja wahrhaftig; noch fünf und vierzig Taler, und nicht einen Heller mehr. *Er gibt ihm das Geld wieder.*

LELIO. Fünf und vierzig? fünf und funfzig, willst du sagen.

MASKARILL. O! ich hoffe richtiger gezählt zu haben, als Sie.

LELIO *nachdem er vor sich gezählt.* Ha! ha! Herr Taschenspieler! Sie haben Ihre Hände doch nicht zum Schubsacke gebracht? Mit Erlaubnis

MASKARILL. Was befehlen Sie?

LELIO. Ihre Hand, Herr Maskarill

MASKARILL. O pfui!

LELIO. Ich bitte

MASKARILL. Nicht doch! Ich muß mich schämen

LELIO. Schämen? das wäre ja ganz etwas Neues für dich. Ohne Umstände, Schurke, weise mir deine Hand

MASKARILL. Ich sage Ihnen ja, Herr Lelio, ich muß mich schämen; denn wahrhaftig ich habe mich heute noch nicht gewaschen.

LELIO. Da haben wirs! Drum ist es ja wohl kein Wunder, daß alles an dem Schmutze kleben bleibt. *Er macht ihm die Hand auf, und findet die Goldstücke zwischen den Fingern.* Siehst du, was die Reinlichkeit für eine nötige Tugend ist? Man sollte dich bei einem Haare für einen Spitzbuben halten, und du bist doch nur ein Schwein. Aber im Ernst. Wenn du von jeden funfzig Talern deine zehn Taler Rabatt genommen hast, so sind von den drei tausend Talern laß sehen nicht mehr, als sechs hundert in deinen Beutel gefallen.

MASKARILL. Blitz! man sollte es kaum glauben, daß ein Verschwender so gut rechnen könnte!

LELIO. Und doch sehe ich noch nicht, wie die Summe heraus kommen soll. Bedenke doch, drei tausend Taler!

MASKARILL. Teilen sich bald ein. Erstlich auf den ausgeklagten Wechsel

LELIO. Das macht es noch nicht.

MASKARILL. Ihrer Jungfer Schwester zur Wirtschaft

LELIO. Ist eine Kleinigkeit.

MASKARILL. Dem Herrn Stiletti für Austern und italienische Weine

LELIO. Waren hundert und zwanzig Taler.

MASKARILL. Abgetragene Ehrenschulden

LELIO. Die werden sich auch nicht viel höher belaufen haben.

MASKARILL. Noch eine Art von Ehrenschulden, die aber nicht bei dem Spiele gemacht waren: Zwar freilich auch bei dem Spiele! der guten, ehrlichen Frau Lelane und ihren gefälligen Nichten.

LELIO. Fort über den Punkt! Für hundert Taler kann man viel Bänder, viel Schuhblätter, viel Spitzen kaufen.

MASKARILL. Aber Ihr Schneider

LELIO. Ist er davon bezahlt worden?

MASKARILL. Ja so! der ist gar noch nicht bezahlt. Und ich

LELIO. Und du? Nun freilich wohl muß ich auf dich mehr, als auf den Wechsel, mehr, als auf den Herrn Stiletti, und mehr, als auf die Frau Lelane rechnen.

MASKARILL. Nein, nein, mein Herr! und ich, wollte ich sagen, ich bin auch noch nicht bezahlt. Ich habe meinen Lohn ganzer sieben Jahr bei Ihnen stehen lassen.

LELIO. Du hast dafür sieben Jahr die Erlaubnis gehabt, mich auf alle mögliche Art zu betriegen, und dich dieser Erlaubnis auch so wohl zu bedienen gewußt

PHILTO *der ihnen näher tritt.* Daß der Herr noch endlich die Liverei des Bedienten wird tragen müssen.

MASKARILL. Welche Prophezeiung! Ich glaube, sie kam vom Himmel? *Indem er sich umsieht.* Ha! ha! Herr Philto, kam sie von Ihnen? Ich bin zu großmütig, als daß ich Ihnen das Schicksal der neuen Propheten wünschen sollte. Aber wenn Sie uns zugehört haben, sagen Sie selbst, ist es erlaubt, daß ein armer Bedienter seinen Lohn für sieben saure Jahre

PHILTO. An dem Galgen solltest du deinen Lohn finden. Herr Lelio, ich habe Ihnen ein Wort zu sagen.

LELIO. Nur keine Vorwürfe, Herr Philto! Ich kann sie wohl verdienen, aber sie kommen zu spät.

PHILTO. Herr Leander hat durch seinen Vormund, den Herrn Staleno, um Ihre Schwester anhalten lassen.

LELIO. Um meine Schwester? Das ist ja ein großes Glück.

PHILTO. Freilich wäre es ein Glück; aber es stößt sich an die Aussteuer. Staleno hat es nicht glauben können, daß Sie alles vertan haben. Sobald ich es ihm sagte, nahm er seine Anwerbung wieder zurück.

LELIO. Was sagen Sie?

PHILTO. Ich sage, daß Sie Ihre Schwester zugleich unglücklich gemacht haben. Das arme Mädchen muß durch Ihre Schuld nun sitzen bleiben.

MASKARILL. Nicht durch seine Schuld, sondern durch die Schuld eines alten Geizhalses. Wenn doch der Geier alle eigennützige Vormünder, und alles was ihnen ähnlich sieht, *Indem er den Philto ansieht.* holen wollte. Muß denn ein Mädchen Geld haben, wenn sie die ehrliche Frau eines ehrlichen Mannes sein soll? Und allen Falls wüßte ich wohl, wer ihr eine Aussteuer geben könnte. Es gibt Leute, die sehr wohlfeil Häuser zu kaufen pflegen.

LELIO *in Gedanken.* Kamilla ist doch wirklich unglücklich. Ihr Bruder ist ist ein Nichtswürdiger.

MASKARILL. Sie haben es mit sich selbst auszumachen, wenn Sie sich schimpfen. Aber Herr Philto, ein kleiner Nachschuß von tausend Talern, in Ansehung des wohlfeilen Kaufs.

PHILTO. Adieu, Lelio. Sie scheinen über meine Nachricht ernsthaft geworden zu sein. Ich will gute Betrachtungen nicht stören.

MASKARILL. Und auch selbst keine gern machen. Nicht wahr? Denn sonst könnte der kleine Nachschuß einen vortrefflichen Stoff an die Hand geben.

PHILTO. Maskarill, hüte dich vor meinem Nachschuß. Die Münze möchte dir nicht anstehen. *Geht ab.*

MASKARILL. Es müßte nichtswürdige Münze sein, wenn sie nicht wenigstens beim Spiele gelten könnte.

Fünfter Auftritt

Maskarill. Lelio.

MASKARILL. Aber was wird denn nun das? So eine saure Miene pflegen Sie ja kaum zu machen, wenn Sie bei einem mißlichen Solo die Trümpfe nachzählen. Doch was wetten wir, ich weiß, was Sie denken? Es ist doch ein verdammter Streich, denken Sie, daß meine Schwester den reichen Leander nicht bekommen soll. Wie hätte ich den neuen Schwager rupfen wollen!

LELIO *noch in Gedanken.* Höre, Maskarill!

MASKARILL. Nun? Aber denken kann ich Sie nicht hören; Sie müssen reden.

LELIO. Willst du wohl alle deine an mir verübte Betriegereien, durch eine einzige rechtschaffene Tat wieder gut machen?

MASKARILL. Eine seltsame Frage! Für was sehen Sie mich denn an? Für einen Betrieger, der ein rechtschaffner Mann ist, oder für einen rechtschaffnen Mann, der ein Betrieger ist?

LELIO. Mein lieber, ehrlicher Maskarill, ich sehe dich für einen Mann an, der mir wenigstens einige tausend Taler leihen könnte, wenn er mir so viel leihen wollte, als er mir gestohlen hat.

MASKARILL. Du lieber ehrlicher Maskarill! Und was wollten Sie mit diesen einigen tausend Talern machen?

LELIO. Sie meiner Schwester zur Aussteuer geben, und mich hernach vor den Kopf schießen.

MASKARILL. Sich vor den Kopf schießen? Es ist schon wahr, entlaufen würden Sie mir mit dem Gelde alsdann nicht. Aber doch *Als ob er nachdächte.*

LELIO. Du weißt es, Maskarill, ich liebe meine Schwester. Jetzt also muß ich das Äußerste für sie tun, wenn sie nicht Zeit Lebens mit Unwillen an ihren Bruder denken soll. Sei großmütig, und versage mir deinen Beistand nicht.

MASKARILL. Sie fassen mich bei meiner Schwäche. Ich habe einen verteufelten Hang zur Großmut, und Ihre brüderliche Liebe, Herr Lelio, wirklich! bezaubert mich ganz. Sie ist etwas recht Edles, etwas recht Superbes! Aber Ihre Jungfer Schwester verdient sie auch; gewiß! Und ich sehe mich gedrungen

LELIO. O! so laß dich umarmen, liebster Maskarill. Gebe doch Gott, daß du mich um recht vieles betrogen hast, damit du mir recht viel leihen kannst! Hätte ich doch nie geglaubt, daß du ein so zärtliches Herz hättest. Aber laß hören, wie viel kannst du mir leihen?

MASKARILL. Ich leihe Ihnen, mein Herr,

LELIO. Sage nicht: mein Herr. Nenne mich deinen Freund. Ich wenigstens will dich Zeit Lebens für meinen einzigen, besten Freund halten.

MASKARILL. Behüte der Himmel! Sollte ich, einer so kleinen nichtswürdigen Gefälligkeit wegen, den Respekt bei Seite setzen, den ich Ihnen schuldig bin?

LELIO. Wie? Maskarill, du bist nicht allein großmütig, du bist auch bescheiden?

MASKARILL. Machen Sie meine Tugend nicht schamrot. Ich leihe Ihnen also auf zehn Jahr

LELIO. Auf zehn Jahr? Welche übermäßige Güte! Auf fünf Jahr ist genug, Maskarill; auf zwei Jahr, wenn du willst. Leihe mir nur, und setze den Termin zur Bezahlung so kurz, als es dir gefällt.

MASKARILL. Nun wohl, so leihe ich Ihnen auf funfzehn Jahr

LELIO. Ich muß dir nur deinen Willen lassen, edelmütiger Maskarill

MASKARILL. Auf funfzehn Jahr leihe ich Ihnen, ohne Interessen

LELIO. Ohne Interessen, das gehe ich nimmermehr ein. Ich will, was du mir leihest, nicht anders, als zu funfzig Prozent

MASKARILL. Ohne alle Interessen

LELIO. Ich bin dankbar, Maskarill, und vierzig Prozent mußt du wenigstens nehmen.

MASKARILL. Ohne alle Interessen.

LELIO. Denkst du, daß ich niederträchtig genug bin, deine Güte zu mißbrauchen? Willst du mit dreißig Prozent zufrieden sein, so will ich es als einen Beweis der größten Uneigennützigkeit ansehen.

MASKARILL. Ohne Interessen, sage ich.

LELIO. Aber ich bitte dich, Maskarill; bedenke doch nur, zwanzig Prozent nimmt der allerchristlichste Jude.

MASKARILL. Mit Einem Worte, ohne Interessen, oder

LELIO. Sei doch nur

MASKARILL. Oder es wird aus dem ganzen Darlehn nichts.

LELIO. Je nun! weil du denn deiner Freundschaft gegen mich durchaus keine Schranken willst gesetzt wissen

MASKARILL. Ohne Interessen!

LELIO. Ohne Interessen! ich muß mich schämen! Ohne Interessen leihest du mir also auf funfzehn Jahr was? wie viel?

MASKARILL. Ohne Interessen leihe ich Ihnen noch auf funfzehn Jahr die 175 Taler, die ich für sieben Jahre Lohn bei Ihnen stehn habe.

LELIO. Wie meinst du? die 175 Taler, die ich dir schon schuldig bin?

MASKARILL. Machen mein ganzes Vermögen aus, und ich will sie Ihnen von Grund des Herzens gern noch funfzehn Jahr, ohne Interessen, ohne Interessen lassen.

LELIO. Und das ist dein Ernst, Schlingel?

MASKARILL. Schlingel? Das klingt ja nicht ein Bißchen erkenntlich.

LELIO. Ich sehe schon, woran ich mit dir bin, du ehrvergessener, nichtswürdiger, infamer Verführer, Betrieger.

MASKARILL. Ein weiser Mann ist gegen alles gleichgültig, gegen Lob und Tadel, gegen Schmeicheleien und Scheltworte. Sie haben es vorhin gesehen, und sehen es jetzt.

LELIO. Mit was für einem Gesichte werde ich mich meiner Schwester zeigen können?

MASKARILL. Mit einem unverschämten, wäre mein Rat. Man hat nie etwas Unrechtes begangen, so lange man noch selbst das Herz hat, es zu rechtfertigen. Es ist ein Unglück für dich, Schwester, ich gestehe es. Aber wer kann sich helfen? Ich will des Todes sein, wenn ich bei meinen Verschwendungen jemals daran gedacht habe, daß ich das Deinige auch zugleich mit verschwendete. So etwas ohngefähr müssen Sie ihr sagen, mein Herr,

LELIO *nachdem er ein wenig nachgedacht.* Ja, das wäre noch das einzige. Ich will es dem Staleno selbst vorschlagen. Komm, Schurke!

MASKARILL. Der Weg nach dem Kränzchen, in welches ich Sie begleiten sollte, mein Herr, geht dahin.

LELIO. Zum Teufel, mit deinem Kränzchen! Aber ist das nicht Herr Staleno selbst, den ich hier kommen sehe?

Sechster Auftritt

Staleno. Lelio. Maskarill.

LELIO. Mein Herr, ich wollte mir eben jetzt die Freiheit nehmen, Sie aufzusuchen. Ich habe vom Herrn Philto die gütigen Gesinnungen Ihres Mündels gegen meine Schwester erfahren. Halten Sie mich nicht für so verwildert, daß es mich nicht außerordentlich schmerzen würde, wenn sie durch mein Verschulden fruchtlos bleiben sollten. Es ist wahr, meine Ausschweifungen haben mich entsetzlich herunter gebracht; allein, die mir drohende Armut schreckt mich weit weniger, als der Vorwurf, den ich mir wegen einer geliebten Schwester machen müßte, wenn ich nicht alles hervor suchte, das Unglück, das ich ihr durch meine Torheit zugezogen, so viel als noch möglich, von ihr abzuwenden. Überwegen Sie also, Herr Staleno, ob das Anerbieten, welches ich jetzt tun will, einige Aufmerksamkeit verdienen kann. Vielleicht ist es Ihnen nicht unbekannt, daß mir eine alte Pate ein so ziemlich beträchtliches Vorwerk in ihrem Testamente hinterließ. Dieses habe ich noch; nur daß, wie Sie leicht vermuten können, einige Schulden darauf haften, deren ohngeachtet es jährlich noch so viel einbringt, daß ich notdürftig davon leben könnte. Ich will es meiner Schwester mit Vergnügen abtreten. Ihr Mündel hat Geld genug, daß er es frei machen, und ansehnliche Verbesserungen, deren es fähig ist, damit vornehmen kann. Es würde alsdann als keine unebene Aussteuer anzusehen sein, an deren Mangel, wie mir Herr Philto gesagt hat, Sie sich einzig und allein stoßen.

MASKARILL *sachte zum Lelio.* Sind Sie nicht klug, Herr Lelio?

LELIO. Schweig!

MASKARILL. Das einzige, was Ihnen noch übrig ist,

LELIO. Habe ich dir Rechenschaft zu geben?

MASKARILL. Wollen Sie denn hernach betteln gehen?

LELIO. Ich will tun, was ich will.

STALENO *bei Seite.* Ich merke schon. Ja wohl, Herr Lelio, mußte ich mich an den gänzlichen Mangel der Aussteuer stoßen, so gern ich auch sonst diese Heirat gesehen hätte.

Wenn es Ihnen also mit dem getanen Vorschlage ein Ernst wäre, so wollte ich mich wohl noch besinnen.

LELIO. Es ist mein völliger Ernst, Herr Staleno.

MASKARILL. So nehmen Sie doch Ihr Wort wieder zurück!

LELIO. Wirst du

MASKARILL. Bedenken Sie doch nur

LELIO. Noch ein Wort!

STALENO. Vor allen Dingen aber, Herr Lelio, müßten Sie mir einen Anschlag von dem Vorwerke, und ein aufrichtiges Verzeichnis von allen Schulden, die Sie darauf haben, geben. Eher läßt sich nichts sagen.

LELIO. Gut, ich will sogleich gehen und beides aufsetzen. Wann kann ich Sie wieder sprechen?

STALENO. Sie werden mich immer zu Hause treffen.

LELIO. Leben Sie wohl unterdessen. *Geht ab.*

Siebenter Auftritt

Staleno. Maskarill.

MASKARILL *bei Seite.* Jetzt muß ich ihm wider seinen Willen einen guten Dienst tun. Wie fange ichs an? Pst! Verziehen Sie doch noch einen Augenblick, Herr Staleno

STALENO. Was gibts?

MASKARILL. Ich sehe Sie für einen Mann an, der eine wohl gemeinte Warnung, wie es sich gehört, zu schätzen weiß.

STALENO. Du siehst mich für das an, was ich bin.

MASKARILL. Und für einen Mann, welcher nicht glaubt, daß ein Bedienter seinen Herrn eben verrate, wenn er nicht überall mit ihm in Ein Horn blasen will.

STALENO. Ei freilich muß sich ein Diener des Bösen, das sein Herr tut, so wenig als möglich teilhaftig machen. Aber wozu sagst du das? Hat Lelio wider mich etwas im Sinne?

MASKARILL. Sein Sie auf Ihrer Hut: ich bitte Sie, ich beschwöre Sie! Bei allem beschwöre ich Sie, was Ihnen auf der Welt lieb ist: bei der Wohlfahrt Ihres Mündels; bei der Ehre Ihrer grauen Haare.

STALENO. Du sprichst auch wirklich, wie ein Beschwörer. Aber weswegen soll ich auf meiner Hut sein?

MASKARILL. Des Anerbietens wegen, das Ihnen Lelio getan hat.

STALENO. Und wie so?

MASKARILL. Kurz, Sie und Ihr Mündel sind verlorne Leute, wenn Sie das Vorwerk annehmen. Denn erstlich muß ich Ihnen nur sagen, daß er fast eben so viel darauf schuldig ist, als der ganze Bettel etwa wert sein mag.

STALENO. Je nun, Maskarill, wenn es nur fast so viel ist

MASKARILL. Schon recht, so kömmt doch noch etwas dabei heraus. Aber hören Sie nur, was ich nun sagen will. Der Boden, worauf das Vorwerk liegt, muß gleich die Gegend sein, in welcher aller Fluch, der jemals über die Erde ausgesprochen worden, zusammen geflossen ist.

STALENO. Du erschreckst mich.

MASKARILL. Wenn rund herum alle Nachbarn die reichste Ernte haben, so bringen die Äcker, die zu dem Vorwerke gehören, doch kaum die Aussaat wieder. Alle Jahre macht das Viehsterben die Ställe leer.

STALENO. Man muß also kein Vieh darauf halten.

MASKARILL. Das hat Herr Lelio auch gedacht, und daher schon längst Schafe und Rinder, Schweine und Pferde, Hühner und Tauben verkauft. Allein, wenn das Viehsterben keine Ochsen findet: was meinen Sie wohl? so fällt es die Menschen an.

STALENO. Das wäre!

MASKARILL. Ja gewiß. Es hat kein Knecht ein halb Jahr da ausgehalten, und wenn er auch eine eiserne Gesundheit gehabt hätte. Die stärksten Kerls hat Herr Lelio im Wendischen mieten lassen; aber was halfs? das Frühjahr kam: weg waren sie.

STALENO. Je nun! so muß mans mit den Pommern versuchen. Das sind Leute, die noch mehr aushalten können, als die Wenden; Leute, wie Klotz und Stein.

MASKARILL. Und der kleine Busch, Herr Staleno, der zu dem Vorwerke gehört

STALENO. Nun? der Busch?

MASKARILL. Im ganzen Busche ist kein Baum anzutreffen, in den es nicht entweder einmal eingeschlagen hätte,

STALENO. Eingeschlagen?

MASKARILL. Oder an den sich nicht einmal jemand gehenkt hätte. Lelio ist dem abscheulichen Busche auch so gram, daß er ihn noch alle Tage lichter machen läßt. Und glauben Sie wohl, daß er das Holz, das darinne geschlagen wird, fürs halbe Geld verkauft?

STALENO. Das ist schlecht.

MASKARILL. Ei! er muß wohl; denn die Leute, die es kaufen, und brennen wollen, wagen erstaunend viel. Bei einigen hat es die Öfen eingeschmissen, bei andern einen so stinkenden Dampf von sich gegeben, daß die Magd vor dem Herde dem Koche ohnmächtig in die Arme gefallen ist.

STALENO. Aber, Maskarill, lügst du wohl nicht?

MASKARILL. Ich lüge nicht, mein Herr, wenn ich Ihnen sage, daß ich gar nicht lügen kann. Und die Teiche

STALENO. Auch Teiche hat das Vorwerk?

MASKARILL. Ja; aber Teiche, in welchen sich mehr Menschen ersäuft haben, als Tropfen Wasser darinne sind. Und da sich also die Fische von lauter menschlichem Luder nähren, so können Sie leicht denken, was das für Fische sein mögen?

STALENO. Große und fette Fische.

MASKARILL. Fische, die durch ihre Nahrung Menschenverstand bekommen haben, und sich daher gar nicht mehr fangen lassen; ja, wenn man die Teiche abläßt, so sind sie verschwunden. Mit einem Worte, es muß kein Winkel auf der ganzen Erde sein, wo man allen Schaden, alles Unglück so häufig und so gewiß antreffen könnte, als auf diesem elenden Vorwerke. Die Geschichte meldet uns auch, und die Historie bestätiget es, daß seit dreihundert und etlichen funfzig Jahren, oder seit vierhundert Jahren, kein einziger Besitzer desselben eines natürlichen Todes gestorben sei.

STALENO. Außer die alte Pate doch, die es dem Lelio vermachte.

MASKARILL. Man redet nicht gerne davon; aber auch die alte Pate

STALENO. Nun?

MASKARILL. Die alte Pate ward des Nachts von einer schwarzen Katze, die sie immer um sich hatte, erstickt. Und es ist sehr wahrscheinlich, sehr wahrscheinlich, daß diese schwarze Katze der Teufel gewesen ist. Wie es meinem Herrn gehen wird, das weiß Gott. Man hat ihm prophezeit, daß ihn Diebe ermorden würden, und ich muß es ihm nachsagen, daß er sich alle Mühe gibt, diese Prophezeiung zu Schanden zu machen, und die Diebe durch eine großmütige Aufopferung seines Vermögens von sich abzuwehren; aber gleichwohl

STALENO. Aber gleichwohl, Maskarill, werde ich seinen Vorschlag annehmen.

MASKARILL. Sie? Gehen Sie doch! das werden Sie nimmermehr tun.

STALENO. Gewiß, ich werde es tun.

MASKARILL *bei Seite.* Der alte Fuchs!

STALENO *bei Seite.* Wie ich ihn martre, den Schelm! Aber doch, Maskarill, danke ich dir für deine gute Nachricht. Sie kann mir wenigstens so viel nützen, daß ich meinen Mündel das Vorwerk zwar nehmen, aber auch gleich wieder verkaufen lasse.

MASKARILL. Am besten wäre es, Sie gäben sich gar nicht damit ab. Ich habe Ihnen noch lange nicht alles erzählt.

STALENO. Verspare es nur; ich habe ohnedem jetzo nicht Zeit. Ein andermal, Maskarill, bin ich deinen Possen wieder zu Diensten. *Geht ab.*

Achter Auftritt

MASKARILL. Das war nichts! War ich zu dumm, oder war er zu klug? Je nun! ich werde am wenigsten dabei verlieren. Will sich Lelio von allem entblößen; meinetwegen. Endlich kann ich eines Herrn, wie er ist, entbehren. Meine Schäfchen sind im Treugen. Was ich noch für ihn tu, tu ich aus Mitleiden. Er ist immer eine gute Haut gewesen; und ich wollte doch nicht gerne, daß er es am Ende gar zu schlecht hätte. Marsch! Ha! das ist ja gar ein Reisender. Ich dächte, ich hätte wenig genug zu tun, um mich um fremde Leute bekümmern zu können. Es ist eine schöne Sache um die Neubegierde!

Neunter Auftritt

Anselmo. Ein Träger. Maskarill.

ANSELMO. Dem Himmel sei Dank, daß ich endlich mein Haus, mein liebes Haus wieder sehe!

MASKARILL. Sein Haus?

ANSELMO *zum Träger.* Setzt den Koffer hier nur nieder, guter Freund. Ich will ihn schon vollends herein schaffen lassen. Ich habe Euch doch bezahlt?

DER TRÄGER. O ja, Herr! o ja! Aber Ohne Zweifel sind Sie wohl sehr vergnügt, sehr freudig, daß Sie wieder zu Hause sind?

ANSELMO. Ja freilich!

DER TRÄGER. Ich habe Leute gekannt, die, wenn sie sehr freudig waren, gegen einen armen Teufel ein übriges taten. Bezahlt haben Sie mich, Herr, bezahlt haben Sie mich.

ANSELMO. Nun da! ich will auch ein übriges tun.

DER TRÄGER. Ei! ei! das ist mir doch lieb, daß ich mich nicht betrogen habe; ich sähe Sie gleich für einen spendabeln Mann an. O! ich versteh mich drauf. Gott bezahls! *Geht ab.*

ANSELMO. Es will sich niemand aus meinem Hause sehen lassen. Ich muß nur anklopfen.

MASKARILL. Der Mann ist offenbar unrecht!

ANSELMO. Es sieht nicht anders aus, als ob das ganze Haus ausgestorben wäre. Gott verhüte.

MASKARILL *der ihm näher tritt.* Mein Herr! Sie werden verzeihen ich bitte um Vergebung *Indem er zurück prellt.* Der Blitz! das Gesichte sollte ich kennen.

ANSELMO. Verzeih Euchs der liebe Gott, daß Ihr nicht klug seid! Was wollt Ihr?

MASKARILL. Ich wollte ich wollte

ANSELMO. Nun? was geht Ihr denn um mich herum?

MASKARILL. Ich wollte

ANSELMO. Absehen vielleicht, wo meinem Beutel am besten beizukommen wäre?

MASKARILL. Ich irre mich; wenn er es wäre, müßte er mich ja wohl auch kennen. Ich bin neugierig, mein Herr; aber meine Neubegierde ist keine von den unhöflichen, und ich frage mit aller Bescheidenheit, was Sie vor diesem Hause zu suchen haben?

ANSELMO. Kerl! Aber jetzt seh ich ihn erst recht an. Mas

MASKARILL. Herr An

ANSELMO. Maska

MASKARILL. Ansel

ANSELMO. Maskarill

MASKARILL. Herr Anselmo

ANSELMO. Bist du es denn?

MASKARILL. Ich bin ich; das ist gewiß. Aber Sie

ANSELMO. Es ist kein Wunder, daß du zweifelst, ob ich es bin.

MASKARILL. Ist es in aller Welt möglich? Ach! nicht doch! Herr Anselmo ist neun Jahr weg, und es wäre ja wohl wunderbar, wenn er eben heute wiederkommen sollte? Warum denn eben heute?

ANSELMO. Die Frage kannst du alle Tage tun; und ich dürfte also gar nicht wiederkommen.

MASKARILL. Das ist wahr! Je nun! so sein Sie tausendmal willkommen, und aber tausendmal, allerliebster Herr Anselmo. Zwar am Ende sind Sie es doch wohl nicht?

ANSELMO. Ich bin es gewiß. Antworte mir nur geschwind, ob alles noch wohl steht? Leben meine Kinder noch? Lelio? Kamilla?

MASKARILL. Ja, nun darf ich wohl nicht mehr daran zweifeln, daß Sie es sind. Sie leben, beide leben sie noch. *Bei Seite.* Wenn er das übrige doch von einem andern zu erst erfahren könnte.

ANSELMO. Gott sei Dank! daß sie beide noch leben. Sie sind doch zu Hause? Geschwind, daß ich sie in meine alten Arme schließen kann! Bringe den Koffer nach, Maskarill.

MASKARILL. Wohin, Herr Anselmo, wohin?

ANSELMO. Ins Haus.

MASKARILL. In dieses Haus hier?

ANSELMO. In mein Haus.

MASKARILL. Das wird sogleich nicht angehen. *Bei Seite.* Was soll ich nun sagen?

ANSELMO. Und warum nicht?

MASKARILL. Dieses Haus, Herr Anselmo ist verschlossen.

ANSELMO. Verschlossen?

MASKARILL. Verschlossen, ja; und zwar weil niemand darinne wohnt.

ANSELMO. Niemand darinne wohnt? Wo wohnen denn meine Kinder?

MASKARILL. Herr Lelio? und Jungfer Kamille? die wohnen wohnen in einem andern Hause.

ANSELMO. Nun? Du sprichst ja so seltsam, so rätselhaft

MASKARILL. Sie wissen also wohl nicht, was seit kurzem vorgefallen ist?

ANSELMO. Wie kann ich es wissen?

MASKARILL. Es ist wahr. Sie sind nicht zugegen gewesen; und in neun Jahren kann sich schon etwas verändert haben. Neun Jahr! eine lange Zeit! Aber es ist doch gewiß ganz etwas Eignes, neun Jahr, neun ganzer Jahr weg sein, und eben jetzt wieder kommen! Wenn das in einer Komödie geschähe, jedermann würde sagen: Es ist nicht wahrscheinlich, daß der Alte eben jetzt wieder kömmt. Und doch ist es wahr! Er hat eben jetzt wieder kommen können, und kömmt auch eben jetzt wieder. Sonderbar, sehr sonderbar!

ANSELMO. O du verdammter Schwätzer, so halte mich doch nicht auf, und sage mir

MASKARILL. Ich will es Ihnen sagen, wo Ihre Kinder sind. Ihre Jungfer Tochter ist bei Ihrem Herrn Sohn. Und Ihr Herr Sohn

ANSELMO. Und mein Sohn

MASKARILL. Ist hier ausgezogen, und wohnt Sehen Sie hier, in der Straße, das neue Eckhaus? Da wohnt Ihr Herr Sohn.

ANSELMO. Und warum wohnt er denn nicht mehr hier? Hier in seinem väterlichen Hause?

MASKARILL. Sein väterliches Haus war ihm zu groß zu klein; zu leer zu enge.

ANSELMO. Zu groß, zu klein, zu leer, zu enge. Was heißt denn das?

MASKARILL. Je nun! Sie werden es von ihm selbst besser hören können, wie das alles ist. So viel werden Sie doch wohl erfahren haben, daß er ein großer Handelsmann geworden ist?

ANSELMO. Mein Sohn ein großer Handelsmann?

MASKARILL. Ein sehr großer! Er lebt, schon seit mehr als einem Jahre, von nichts als vom Verkaufen.

ANSELMO. Was sagst du? So wird er vielleicht zur Niederlage für seine Waren ein großes Haus gebraucht haben?

MASKARILL. Ganz recht, ganz recht.

ANSELMO. Das ist vortrefflich! Ich bringe auch Waren mit; kostbare indische Waren.

MASKARILL. Das wird an ein Verkaufen gehen!

ANSELMO. Mache nur, Maskarill; und nimm den Koffer auf den Buckel, und führe mich zu ihm.

MASKARILL. Der Koffer, Herr Anselmo, ist wohl sehr schwer. Verziehen Sie nur einen Augenblick, ich will gleich einen Träger schaffen.

ANSELMO. Du kannst ihn selbst fortbringen; es sind nichts als Skripturen und Wäsche darinne.

MASKARILL. Ich habe mir den Arm letzthin ausgefallen.

ANSELMO. Den Arm? Du armer Teufel! So geh nur und bringe jemanden.

MASKARILL *bei Seite.* Gut, daß ich so weg komme. Herr Lelio! Herr Lelio! was werden Sie zu der Nachricht sagen?

Er geht und kömmt wieder zurück.

ANSELMO. Nun? bist du noch nicht fort?

MASKARILL. Ich muß Sie wahrhaftig noch einmal ansehen, ob Sie es auch sind.

ANSELMO. Je! so zweifle, du verzweifelter Zweifler!

MASKARILL *im Fortgehen.* Ja, ja, er ists. Neun Jahr weg sein, und eben jetzt wieder kommen!

Zehnter Auftritt

ANSELMO. Da muß ich nun unter freiem Himmel warten? Es ist gut, daß die Straße ein wenig abgelegen ist, und daß mich die wenigsten mehr kennen werden. Aber gleichwohl darf ich die Augen nicht sehr von meinem Koffer verwenden. Ich dächte, ich setzte mich darauf. Bald, bald werde ich nun wohl ruhiger sitzen können. Ich habe mir es sauer genug werden lassen, und Gefahr genug ausgestanden, daß ich mir schon, mit gutem Gewissen, meine letzten Tage zu Rast- und Freudentagen machen kann. Ja gewiß, das sollen sie werden. Und wer wird mir es verdenken? Wenn ich es nur ganz obenhin überschlage, so besitze ich doch *Er spricht die letzten Worte immer sachter und sachter, bis er zuletzt in bloßen Gedanken an Fingern zählt.*

Eilfter Auftritt

Raps, in einer fremden und seltsamen Kleidung. Anselmo.

RAPS. Man muß allerlei Personen spielen können. Den möchte ich doch sehen, der in diesem Aufzuge den Trommelschläger Raps erkennen sollte? Ich seh aus, ich weiß selber nicht wie; und soll ich weiß selber nicht was? Eine närrische Kommission! Närrisch immerhin: genug, daß man mich bezahlt. Hier in dieser Gasse, hat mir Staleno gesagt, soll ich meinen Mann nur aufsuchen. Er wohnt nicht weit von seinem vorigen Hause; und das ist ja sein voriges Haus.

ANSELMO. Was ist das für ein Gespenste?

RAPS. Wie mich die Leute ansehen!

ANSELMO. Diese Figur muß in das Geschlecht der Pilze gehören. Der Hut reicht auf allen Seiten eine halbe Elle über den Körper.

RAPS. Guter Vater, der Ihr mich so anguckt, seid Ihr weniger fremd hier, wie ich? Er will nicht hören. Mein Herr, der Sie auf dem Koffer hier sitzen, könnten Sie mich wohl allenfalls zurechte weisen? Ich suche einen jungen Menschen, Namens Lelio; und einen Kahlkopf von Ihrer Gattung, Namens Philto.

ANSELMO. Lelio? Philto? *Bei Seite.* So heißt ja mein Sohn, und mein alter guter Freund.

RAPS. Wenn Sie mir die Wohnung dieser Leute zeigen können, so werden Sie bei einem Manne Dank verdienen, der nicht ermangeln wird. Ihre Höflichkeit an allen vier Enden der Welt auszuposaunen; bei einem Reisenden, der siebenmal rund um die Welt gereiset ist: einmal zu Schiffe, zweimal auf der geschwinden Post, und viermal zu Fuße.

ANSELMO. Darf ich nicht wissen, mein Herr, wer Sie sind? wie Sie heißen? von wannen Sie kommen? was Sie bei genannten Personen zu suchen haben?

RAPS. Das heißt sehr viel auf einmal fragen. Worauf soll ich nun zuerst antworten? Wenn Sie mich jedes insbesondere, mit der gehörigen Art, fragen wollten, so möchte ich vielleicht darauf Bescheid erteilen. Denn ich bin gesprächig, mein Herr, sehr gesprächig. *Bei Seite.* Ich kann wenigstens meine Rolle mit ihm probieren.

ANSELMO. Nun wohl, mein Herr; lassen Sie uns bei dem Kürzesten anfangen. Wie ist Ihr Name?

RAPS. Bei dem Kürzesten? Mein Name? Gefehlt! weit gefehlt!

ANSELMO. Wie so?

RAPS. Ja, mein guter, lieber, alter Herr, ich muß Ihnen nur sagen, geben Sie wohl Achtung: Wenn Sie ganz früh, ganz früh, so bald der Tag anfängt zu grauen, von meinem ersten Namen ausgehen, und gehen und gehen, so stark, wie Sie nur können: so wette ich, daß die Sonne doch schon untergegangen sein wird, ehe Sie nur den Anfangsbuchstaben von meinem letzten Namen zu sehen bekommen.

ANSELMO. Ei! so brauchte man ja wohl gar eine Laterne und einen Schnappsack zu Ihrem Namen?

RAPS. Nicht anders.

ANSELMO *bei Seite.* Der Kerl redt! Aber was wollen Sie denn bei dem jungen Lelio, und bei dem alten Philto? Ohne Zweifel stehen Sie mit dem erstern in Verkehr? Lelio soll ein großer Kaufmann sein.

RAPS. Ein großer Kaufmann? daß ich nicht wüßte! Nein, mein Herr; ich habe bloß ein Paar Briefe bei ihm abzugeben.

ANSELMO. Ha! ha! Avisobriefe vielleicht von Waren, die an ihn abgegangen sind, oder so etwas.

RAPS. Nicht so etwas. Es sind Briefe, die mir sein Vater an ihn mitgegeben hat.

ANSELMO. Wer?

RAPS. Sein Vater.

ANSELMO. Des Lelio Vater?

RAPS. Ja, des Lelio Vater, der jetzt in der Fremde ist. Er ist mein guter Freund.

ANSELMO *bei Seite.* Je! das ist ja gar, mit Ehren zu melden, ein Betrieger. Warte, dich will ich kriegen. Ich soll ihm Briefe an meinen Sohn gegeben haben?

RAPS. Was meinen Sie, mein Herr?

ANSELMO. Nichts. Und so kennen Sie wohl den Vater des Lelio?

RAPS. Wenn ich ihn nicht kennte, würde ich wohl Briefe an seinen Sohn Lelio, und Briefe an seinen Freund Philto von ihm haben? Da, mein Herr, hier sehen Sie beide. Er ist mein Herzensfreund.

ANSELMO. Ihr Herzensfreund? Und wo war er denn, dieser Ihr Herzensfreund, als er Ihnen die Briefe gab?

RAPS. Er war er war bei guter Gesundheit.

ANSELMO. Das ist mir von Herzen lieb. Aber wo war er denn? wo?

RAPS. Mein Herr, er war auf der Küste von Paphlagonien.

ANSELMO. Das gesteh ich! Daß Sie ihn kennen, haben Sie mir schon gesagt; aber es versteht sich doch wohl, von Person?

RAPS. Freilich von Person. Habe ich denn nicht so manche Flasche Kapwein mit ihm ausgestochen? und zwar auf dem Orte, wo er wächst. Sie wissen wohl, mein Herr, auf dem Vorgebirge Kapua, wo sich in dem dreißigjährigen Kriege Hannibal so voll soff, daß er nicht vor Rom gehen konnte.

ANSELMO. Sie besitzen Gelehrsamkeit, wie ich höre.

RAPS. So etwas fürs Haus.

ANSELMO. Können Sie mir nicht sagen, wie er aussieht, des Lelio Vater?

RAPS. Wie er aussieht? Sie sind sehr neugierig. Doch ich liebe die neugierigen Leute. Er ist ungefähr einen Kopf größer, als Sie.

ANSELMO *bei Seite.* Das geht gut! ich bin abwesend größer, als gegenwärtig. Seinen Namen haben Sie mir noch nicht gesagt. Wie heißt er?

RAPS. Er heißt vollkommen wie ein ehrlicher Mann heißen soll.

ANSELMO. Ich möchte doch hören

RAPS. Er heißt er heißt nicht wie sein Sohn er würde aber besser getan haben, wenn er so hieße; sondern er heißt daß dich!

ANSELMO. Nun?

RAPS. Ich glaube, ich habe den Namen vergessen.

ANSELMO. Den Namen eines Freundes?

RAPS. Nur Geduld! jetzt läuft er mir auf der Zunge herum. Nennen Sie mir doch geschwind einen, der etwa so klingt. Er fängt sich auf ein A an.

ANSELMO. Arnolph vielleicht?

RAPS. Nicht Arnolph.

ANSELMO. Anton?

RAPS. Nicht Anton. Ans Ansa Ansi Asi Asinus. Nein, nicht Asinus, nicht Asinus Ein verzweifelter Namen! An Ansel

ANSELMO. Anselmo doch wohl nicht?

RAPS. Recht! Anselmo. Daß der Henker den schurkischen Namen holte!

ANSELMO. Das ist nicht freundschaftlich gesprochen.

RAPS. Ei! warum bleibt er auch einem zwischen den Zähnen stecken. Ist das freundschaftlich, wenn man sich so lange suchen läßt? Dasmal will ich es ihm noch vergeben. Anselmo hieß er? nicht? Ganz recht! Anselmo. Wie gesagt, das letztemal habe ich ihn auf der Küste von Paphlagonien gesprochen, und zwar in dem Hafen Gibraltar. Er wollte noch den Königen von Gallipoli einen kleinen Besuch abstatten.

ANSELMO. Den Königen von Gallipoli? Wer sind die?

RAPS. Wie, mein Herr! kennen Sie die berühmten Brüder nicht, welche über Gallipoli herrschen? die weltbekannten Dardanellen? Sie reiseten vor einigen zwanzig Jahren in Europa herum; und da hat er sie kennen lernen.

ANSELMO *bei Seite.* Die Narrenspossen dauern zu lange. Ich muß der Pauke nur ein Loch machen, damit ich doch erfahre, woran ich bin.

RAPS. Der Hof der Dardanellen, mein Herr, ist einer von den prächtigsten in ganz Amerika, und ich weiß gewiß, mein Freund Anselmo wird daselbst sehr wohl empfangen worden sein. Er wird sobald auch nicht wieder wegkommen. Und eben deswegen, weil er dieses voraussahe, und weil er wußte, daß ich gerades Weges hieher reisen würde, gab er mir Briefe mit, um die Seinigen wegen seiner langen Abwesenheit zu beruhigen.

ANSELMO. Das war sehr wohl getan. Aber eins muß ich doch noch fragen

RAPS. So viel als Ihnen beliebt.

ANSELMO. Wenn man Ihnen, mein sonderbarer Herr mit dem langen Namen

RAPS. Lang ist mein Name, das ist wahr; aber ich führe auch einen ganz kleinen, welcher gleichsam die Quintessenz von dem langen ist.

ANSELMO. Darf ich ihn wissen?

RAPS. Raps!

ANSELMO. Raps?

RAPS. Ja, Raps; Ihnen zu dienen.

ANSELMO. Ich danke für Ihre Dienste, Herr Raps.

RAPS. Raps will eigentlich so viel sagen, als der Sohn des Rap. Rap aber hieß mein Vater; und mein Großvater Rip, von welchem sich denn mein Vater auch manchmal Rips zu nennen pflegte: so daß ich mich gar wohl, wenn ich mit meinen Ahnen prahlen wollte, Rips Raps nennen könnte.

ANSELMO. Nun wohl, Herr Rips Raps, damit ich wieder auf meine Frage komme: Wenn man Ihnen Ihren Freund Anselmo jetzt zeigte, würden Sie ihn wohl wieder erkennen?

RAPS. Wenn ich meine Augen behielte, ohne Zweifel. Aber es scheint, als ob Sie es noch nicht glauben wollten, daß ich den Anselmo kenne. Hören Sie also einen Beweis über alle Beweise. Nicht allein Briefe hat er mir mitgegeben, sondern auch sechstausend Taler, die ich dem Herrn Philto einhändigen soll. Würde er das wohl getan haben, wenn ich nicht sein ander Ich wäre?

ANSELMO. Sechstausend Taler?

RAPS. In lauter guten, vollwichtigen Dukaten.

ANSELMO *bei Seite.* Nun weiß ich fast nicht, was ich von dem Kerl denken soll. Ein Betrieger, der Geld bringt, das ist ja wohl ein sehr wunderbarer Betrieger.

RAPS. Aber, mein Herr, wir plaudern zu lange. Ich sehe wohl, daß Sie mir meine Leute entweder nicht weisen können, oder nicht wollen.

ANSELMO. Nur noch ein Wort! Haben Sie denn, Herr Raps, das Geld bei sich, das Ihnen Anselmo gegeben hat?

RAPS. Ja. Warum?

ANSELMO. Und es ist ganz gewiß, daß Ihnen Anselmo, des Lelio Vater, die sechstausend Taler gegeben hat?

RAPS. Ganz gewiß.

ANSELMO. Je nun! so geben Sie mir sie nur wieder, Herr Raps.

RAPS. Was soll ich Ihnen wieder geben?

ANSELMO. Die sechstausend Taler, die Sie von mir bekommen haben.

RAPS. Ich von Ihnen sechstausend Taler bekommen?

ANSELMO. Sie sagen es ja selbst.

RAPS. Was sag ich? Sie sind Wer sind Sie denn?

ANSELMO. Ich bin eben der, der Herr Rapsen sechstausend Taler anvertrauet hat; ich bin Anselmo.

RAPS. Sie Anselmo?

ANSELMO. Kennen Sie mich nicht? Die Könige von Gallipoli, die weltberühmten Dardanellen, haben die Gnade gehabt, mich eher wieder von sich zu lassen, als ich vermutete. Und weil ich denn nun selbst da bin, so will ich dem Herrn Raps fernere Mühe ersparen.

RAPS *bei Seite.* Sollte man nicht schwören, der Mann wäre ein größrer Gauner, als ich selbst!

ANSELMO. Besinnen Sie sich nur nicht lange, und geben Sie mir das Geld wieder.

RAPS. Wer sollte es denken, daß ein alter Mann noch so fein sein könnte! Sobald er hört, daß ich Geld bei mir habe: husch! ist er Anselmo. Aber, mein guter Vater, so geschwind Sie sich anselmisiert haben, so geschwind werden Sie sich auch wieder entanselmisieren müssen.

ANSELMO. Je nun! wer bin ich denn, wenn ich nicht der bin, der ich bin?

RAPS. Was geht das mich an? Sein Sie wer Sie wollen, wenn Sie nur nicht der sind, der ich nicht will, daß Sie sein sollen. Warum waren Sie denn nicht gleich Anfangs der, der Sie sind? Und warum wollen Sie denn nun der sein, der Sie nicht waren?

ANSELMO. O! so machen Sie doch nur fort

RAPS. Was soll ich machen?

ANSELMO. Mir mein Geld wieder geben.

RAPS. Machen Sie sich nur weiter keine Ungelegenheit. Ich habe gelogen. Das Geld ist nicht in vollwichtigen Dukaten; sondern es steht bloß auf dem Papiere.

ANSELMO. Bald werde ich mit dem Herrn aus einem andern Tone sprechen. Ihr sollt in allem Ernste wissen, Herr Rips Raps, daß ich Anselmo bin; und wenn Ihr mir nicht gleich die Briefe und das Geld einhändiget, das Ihr von mir bekommen zu haben vorgebt: so will ich gar bald so viel Leute zusammen rufen, als nötig sein wird, einen solchen Betrieger fest zu halten.

RAPS. Sie wissen also ganz ohnfehlbar, daß ich ein Betrieger bin? und Sie sind ganz ohnfehlbar Herr Anselmo? So habe ich denn die Ehre, mich dem Herrn Anselmo zu empfehlen.

ANSELMO. Du sollst so nicht wegkommen, guter Freund!

RAPS. O! ich bitte, mein Herr *Indem ihn Anselmo halten will, stößt ihn Raps mit Gewalt von sich, daß er rücklings wieder auf den Koffer zu sitzen kömmt.* Der alte Dieb könnte wenigstens einen Auflauf erregen. Ich will dir schon einen schicken, der dich besser kennen soll. *Geht ab.*

ANSELMO. Da sitze ich ja nun wieder? Wo ist er hin, der Spitzbube? Wo ist er hin? Ich sehe niemanden. Bin ich auf dem Koffer eingeschlafen, und hat mir das närrische Zeug geträumt, oder Den Henker mag es mir geträumt haben! Ich armer Mann! Dahinter steckt ganz gewiß etwas; ganz gewiß steckt etwas dahinter! Und Maskarill? Maskarill kömmt auch nicht wieder? Auch das geht nicht richtig zu! auch das nicht! Was soll ich anfangen? Ich will nur gleich den ersten den besten rufen He da, guter Freund, he da!

Zwölfter Auftritt

Anselmo. Ein andrer Träger.

DER TRÄGER. Was steht zu Ihren Diensten, mein Herr?

ANSELMO. Wollt Ihr Euch ein gut Trinkgeld verdienen, mein Freund?

DER TRÄGER. Das wäre wohl meine Sache.

ANSELMO. So nehmt geschwind den Koffer, und bringt mich zu dem Kaufmann Lelio.

DER TRÄGER. Zu dem Kaufmann Lelio?

ANSELMO. Ja. Er soll da in der Straße, in dem neuen Eckhause wohnen.

DER TRÄGER. Ich kenne in der ganzen Stadt keinen Kaufmann Lelio. In dem neuen Eckhause, da unten, wohnt jemand ganz anders.

ANSELMO. Ei nicht doch! Lelio muß da wohnen. Sonst hat er hier in diesem Hause gewohnt, welches ihm auch gehört.

DER TRÄGER. Nun merke ich, wen Sie meinen. Sie meinen den lüderlichen Lelio. O! den kenn ich wohl!

ANSELMO. Was? den lüderlichen Lelio?

DER TRÄGER. Je nu! die ganze Stadt nennt ihn so; warum soll ich ihn anders nennen? Sein Vater war der alte Anselmo. Das war ein garstiger, geiziger Mann, der nie genug kriegen konnte. Er reisete vor vielen Jahren hier weg; Gott weiß, wohin? Unterdessen, daß er sichs in der Fremde sauer werden läßt, oder wohl gar darüber schon ins Gras gebissen hat, ist sein Sohn hier guter Dinge. Der wird zwar nun wohl auch allmählig auf die Hefen gekommen sein; aber es ist schon recht. Ein Sammler will einen Zerstreuer haben. Das Häuschen, höre ich, hat er nun auch verkauft

ANSELMO. Was? verkauft? Nun ists klar! Ach, du verwünschter Maskarill! Ach ich unglücklicher Vater! Du gottloser, ungeratner Sohn!

DER TRÄGER. Ei! Sie sind doch wohl nicht gar der alte Anselmo selber? Nehmen Sie mirs nicht übel, wenn Sie es sind; ich habe Sie wirklich nicht gekannt. Sonst hätte ich es wohl bleiben lassen. Sie einen garstigen, geizigen Mann zu nennen. Es ist niemanden an die Stirne geschrieben, wer er ist. Mögen Sie mich doch immerhin das Trinkgeld nicht verdienen lassen.

ANSELMO. Ihr sollt es verdienen, guter Freund, Ihr sollt es verdienen. Sagt mir nur geschwind: Ist es wirklich wahr, daß er das Haus verkauft hat? Und an wen hat er es verkauft?

DER TRÄGER. Der alte Philto hats gekauft.

ANSELMO. Philto? O du ehrvergeßner Mann! Ist das deine Freundschaft? Ich bin verraten! Ich bin verloren! Er wird mir nun alles leugnen.

DER TRÄGER. Die Leute haben es ihm übel genug ausgelegt, daß er sich mit dem Kaufe abgegeben hat. Hat er nicht sollen in Ihrer Abwesenheit bei Ihrem Sohne gleichsam Vormunds Stelle vertreten? Ein schöner Vormund! das hieß ja wohl den Bock zum Gärtner setzen. Er ist alle sein Lebtage für einen eigennützigen Mann gehalten worden, und was ein Rabe ist, das bleibt wohl ein Rabe. Da eben seh ich ihn kommen! Ich will gern mein Trinkgeld im Stiche lassen; die Leute sind gar zu wunderlich, wenn sie hören, daß man sie kennt. *Geht ab.*

Dreizehnter Auftritt

Anselmo. Philto.

ANSELMO. Unglück über alle Unglücke! Komm nur! Komm nur, du Verräter!

PHILTO. Ich muß doch sehen, wer hier das Herz hat, sich für den Anselmo auszugeben. Aber was sehe ich? Er ist es wirklich. Laß dich umarmen, mein liebster Freund! So bist du doch endlich wieder da? Gott sei tausendmal gedankt. Aber warum so verdrüßlich? Kennst du deinen Philto nicht mehr?

ANSELMO. Ich weiß alles, Philto, ich weiß alles. Ist das ein Streich, wie man ihn von einem Freunde erwarten kann?

PHILTO. Nicht ein Wort mehr, Anselmo. Ich höre schon, daß mir ein dienstfertiger Verleumder zuvorgekommen ist. Hier ist nicht der Ort, uns weitläuftiger zu erklären. Komm in dein Haus.

ANSELMO. In mein Haus?

PHILTO. Ja; noch ist es das deine, und soll wider deinen Willen nie eines andern werden. Komm; ich habe zu allem Glücke den Schlüssel bei mir. Ohne Zweifel ist dieses dein Koffer? Fasse nur an; wir wollen ihn selbst hinein ziehen; es sieht uns doch niemand.

ANSELMO. Aber meine Barschaft?

PHILTO. Auch diese wirst du finden, wie du sie verlassen hast. *Sie gehen in das Haus, nachdem sie den Koffer nach sich gezogen.*

Vierzehnter Auftritt

Lelio. Maskarill.

MASKARILL. Nun? haben Sie ihn gesehen? War er es nicht?

LELIO. Er ist es, Maskarill!

MASKARILL. Wenn nur der erste Empfang vorüber wäre!

LELIO. Nie habe ich meine Nichtswürdigkeit so lebhaft empfunden, als eben jetzt, da sie mich verhindert, einem Vater freudig unter die Augen zu treten, der mich so zärtlich geliebt hat. Was soll ich tun? Soll ich mich aus seinen Augen verbannen? oder soll ich gehen, und ihm zu Fuße fallen?

MASKARILL. Das letzte taugt nicht viel; aber das erste taugt gar nichts.

LELIO. Nun! so rate mir doch! Nenne mir wenigstens einen Vorsprecher.

MASKARILL. Einen Vorsprecher? eine Person, die bei Ihrem Vater für Sie sprechen soll? Den Herrn Stiletti.

LELIO. Bist du toll?

MASKARILL. Oder die Frau Lelane.

LELIO. Verräter!

MASKARILL. Die eine von ihren Nichten.

LELIO. Ich bringe dich um!

MASKARILL. Ja! das würde vollends eine Freude für Ihren Vater sein, wenn er seinen Sohn als einen Mörder fände.

LELIO. An den alten Philto darf ich mich nicht wenden. Ich habe seine Lehren, seine Warnungen, seinen Rat allzu oft verachtet, als daß ich auf sein gutes Wort einigen Anspruch machen könnte.

MASKARILL. Aber fallen Sie denn gar nicht auf mich?

LELIO. Sieh du dich nur selbst nach einem Vorsprecher um.

MASKARILL. Das habe ich schon getan; und der sind Sie.

LELIO. Ich?

MASKARILL. Sie! und zwar zur Danksagung, daß ich Ihnen einen Vorsprecher werde geschafft haben, den Sie in alle Ewigkeit nicht besser finden können.

LELIO. Wenn du das tust, Maskarill

MASKARILL. Kommen Sie nur hier weg; die Alten möchten wieder herauskommen.

LELIO. Aber nenne mir doch den Vorsprecher, den ich in alle Ewigkeit nicht besser finden könnte.

MASKARILL. Kurz, Ihr Vater soll Ihr Vorsprecher bei dem Herrn Anselmo sein.

LELIO. Was heißt das?

MASKARILL. Das heißt, daß ich einen Einfall habe, den ich Ihnen hier nicht sagen kann. Nur fort! *Gehen ab.*

Funfzehnter Auftritt

Anselmo. Philto, welche aus dem Hause kommen.

ANSELMO. Nun! das ist wahr, Philto: ein getreuerer und klügrer Freund, als du bist, muß in der Welt nicht zu finden sein. Ich danke dir tausendmal, und wollte wünschen, daß ich dir deine Dienste vergelten könnte.

PHILTO. Sie sind vergolten genug, wenn sie dir angenehm sind.

ANSELMO. Ich weiß es, daß du meinetwegen viel Verleumdungen hast über dich müssen ergehen lassen.

PHILTO. Was wollen Verleumdungen sagen, wenn man bei sich überzeugt ist, daß man sie nicht verdient habe? Auch die List, hoffe ich, wirst du gut finden, die ich wegen der Aussteuer brauchen wollte.

ANSELMO. Die List ist vortrefflich ersonnen: aber nur ist es mir leid, daß aus der ganzen Sache nichts werden kann.

PHILTO. Nichts werden? Warum denn nicht? Gut, daß Sie kommen, Herr Staleno.

Sechzehnter Auftritt

Staleno. Anselmo. Philto.

STALENO. So ist es doch wahr, daß Anselmo endlich wieder da ist? Willkommen! willkommen!

ANSELMO. Es ist mir lieb, einen alten guten Freund gesund wieder zu sehen. Aber es ist mir nicht lieb, daß das erste, was ich ihm sagen muß, eine abschlägliche Antwort sein soll. Philto hat mir hinterbracht, was für eine gute Absicht Ihr Mündel auf meine Tochter hat. Ohne ihn zu kennen, würde ich, bloß in Ansehung Ihrer, Ja dazu sagen, wenn ich meine Tochter nicht bereits versprochen hätte; und zwar an den Sohn eines guten Freundes, der vor kurzem in Engeland verstorben ist. Ich habe ihm noch auf seinem Todbette mein Wort geben müssen, daß ich seinen Sohn, welcher sich hier aufhalten soll, auch zu dem meinigen machen wolle. Er hat mir sein Verlangen so gar schriftlich hinterlassen, und es muß eine von meinen ersten Verrichtungen sein, daß ich den jungen Leander aufsuche, und ihm davon Nachricht gebe.

STALENO. Wen? den jungen Leander? Je! das ist ja eben mein Mündel.

ANSELMO. Leander ist Ihr Mündel? des alten Pandolfo Sohn?

STALENO. Leander, des alten Pandolfo Sohn, ist mein Mündel.

ANSELMO. Und eben diesen Leander sollte meine Tochter haben?

PHILTO. Eben diesen.

ANSELMO. Was für ein glücklicher Zufall! Hätte ich mir es besser wünschen können? Nun wohl, ich bekräftige also das Wort, das Ihnen Philto in meinem Namen gegeben hat. Kommen Sie; damit ich den lieben Mündel bald sehen, und meine Tochter umarmen kann. Ach! wenn ich den ungeratnen Sohn nicht hätte, was für ein beneidenswürdiger Mann könnte ich sein!

Siebenzehnter Auftritt

Maskarill. Anselmo. Philto. Staleno.

MASKARILL. Ach! Unglück, unaussprechliches Unglück! Wo werde ich nun den armen Herrn Anselmo finden?

ANSELMO. Ist das nicht Maskarill? Was sagt der Spitzbube?

MASKARILL. Ach! unglücklicher Vater, was wirst du zu dieser Nachricht sagen?

ANSELMO. Zu was für einer Nachricht?

MASKARILL. Ach! der betauernswürdige Lelio!

ANSELMO. Nun? was ist ihm denn widerfahren?

MASKARILL. Ach! was für ein trauriger Zufall!

ANSELMO. Maskarill!

MASKARILL. Ach! welche tragische Begebenheit!

ANSELMO. Tragisch? Ängstige mich nicht länger, Kerl, und sage was es ist.

MASKARILL. Ach! Herr Anselmo, Ihr Sohn

ANSELMO. Nun? mein Sohn?

MASKARILL. Als ich ihm Ihre glückliche Ankunft zu melden kam, fand ich ihn, mit untergestütztem Arme, im Lehnstuhle

ANSELMO. Und in den letzten Zügen vielleicht?

MASKARILL. Ja, in den letzten Zügen, die er aus einer ungerschen Bouteille tun wollte. Freuen Sie sich, Herr Lelio, waren meine Worte: eben jetzt ist Ihr lieber, sehnlich gewünschter Vater wieder gekommen! Was? mein Vater? Hier fiel ihm die Bouteille vor Schrecken aus der Hand; sie sprang in Stücken, und die kostbare Neige floß auf den staubigten Boden. Was? schrie er nochmals, mein Vater wiedergekommen? Wie wird es mir nun ergehen? Wie Sie es verdient haben, sagte ich. Er sprang auf, lief zu dem Fenster, das auf den Kanal geht, riß es auf

ANSELMO. Und stürzte sich herab?

MASKARILL. Und sahe, was für Wetter wäre. Geschwind meinen Degen! Ich wollte ihm den Degen nicht geben, weil man Exempel hat, daß mit einem Degen groß Unglück angerichtet worden. Was wollen Sie mit dem Degen, Herr Lelio? Halte mich nicht auf, oder das Oder sprach er in einem so fürchterlichen Tone aus, daß ich ihm den Degen vor Schrecken gab. Er nahm ihn, und

ANSELMO. Und tat sich ein Leides?

MASKARILL. Und

ANSELMO. Ach! ich unglücklicher Vater!

Achtzehnter Auftritt

Lelio an der Szene. Die Vorigen.

MASKARILL. Und steckte ihn an. Komm, rief er, Maskarill; mein Vater wird auf mich zürnen, und sein Zorn ist mir unerträglich. Ich will nicht länger leben, ohne ihn zu versöhnen. Er stürzte die Treppe herab, lief sporenstreichs zum Hause hinaus, und warf sich nicht weit von hier *Indem Maskarill dieses sagt, und Anselmo gegen ihn gekehrt ist, fällt ihm Lelio auf der andern Seite zu Füßen.* zu den Füßen seines Vaters.

LELIO. Verzeihen Sie, liebster Vater, daß ich durch dieses Mittel versuchen wollen, ob Ihr Herz gegen mich noch einiges Mitleids fähig ist. Das Traurigste, was Sie meinetwegen besorgten, geschieht gewiß, wenn ich, ohne Vergebung von Ihnen zu erhalten, von Ihren Füßen aufstehen muß. Ich bekenne, daß ich Ihrer Liebe nicht wert bin, aber ich will auch ohne dieselbe nicht leben. Jugend und Unerfahrenheit können vieles entschuldigen.

PHILTO. Laß dich bewegen, Anselmo.

STALENO. Auch ich bitte für ihn. Er wird sich bessern.

ANSELMO. Wenn ich das nur glauben dürfte. Steh auf! Noch will ichs einmal versuchen. Aber wo du noch einen lüderlichen Streich machst, so habe ich dir nichts vergeben, und die kleinste Ausschweifung, die du wieder begehst, soll die gewisse Strafe für alle andre nach sich ziehen.

MASKARILL. Das ist billig.

ANSELMO. Den nichtswürdigen Maskarill jage nur gleich zum Henker!

MASKARILL. Das ist unbillig! Doch jagen Sie mich, oder behalten Sie mich, es soll mir gleichviel sein; nur zahlen Sie mir vorher die Summe aus, die ich Ihnen schon sieben Jahr geliehen habe, und aus Großmut noch zehn Jahr leihen wollte.

Ende des Schatzes.